ツリーホーン、どんどん小さくなる

フローレンス・パリー・ハイド
エドワード・ゴーリー◎絵
三辺律子◎訳

東京創元社

ダイ・パリーへ

なにかひどくおかしなことが起ころうとしていた。

　さいしょにツリーホーンがあれっと思ったのは、クロー
ゼットの棚に手が届かなかったことだ。まえは、届いたの
に。その棚には、チョコレートバーとふうせんガムがかく
してあった。

つぎに、服がぶかぶかになった。

「おかあさん、ズボンがのびたかなんかしたみたい。しょっちゅうすそに足がひっかかるんだよ」ツリーホーンは言った。

「それはたいへんね」おかあさんはオーブンのなかをのぞきながら答えた。「ケーキがちゃんとふくらむといいんだけど」

「それに、シャツのそでに手がかくれちゃうんだ。だから、シャツものびちゃったんじゃないかな」

「それでいえば、どうしてこのケーキはふくらまないのかしら。アベネールさんのケーキはいつだっておいしいのよ。いつだってちゃんとふくらんでいるんだから」

　ツリーホーンはキッチンから出ようとして、ズボンのすそにつまずいてしまった。やっぱりどんどん長くなってるみたいだ。

その日の夜、ツリーホーンのおとうさんは言った。「ツリーホーン、ちゃんとまっすぐすわりなさい。ろくに顔も見えないじゃないか」
「ちゃんとまっすぐすわってるよ。これでせいいっぱいなんだ。思うんだけど、ぼくは縮んでるんじゃないかな」
「ケーキがうまく焼けてなくてごめんなさいね」おかあさんが言った。
「いや、とてもおいしいよ」おとうさんは礼儀正しくケーキをほめた。

そのころには、ツリーホーンは食卓の上を見るのがやっとになっていた。
「ほら、ちゃんとすわって」おかあさんが言った。
「すわってるんだってば。ぼくが縮んでるせいなんだ」ツリーホーンは言った。
「え、今、なんて？」おかあさんはたずねた。
「ぼくは縮んでるんだ。小さくなってるんだよ」
「縮んでるふりをしたいっていうなら、勝手にしなさい。ただし、食卓でやるのは、やめてちょうだい」
「だけど、ほんとうに縮んでるんだ」と、ツリーホーン。
「おかあさんに口ごたえはするな」と、おとうさん。
「でも、たしかにちょっと小さくなったみたい。もしかしたら、ほんとうに縮んでいるのかも」おかあさんは言った。
「人は縮んだりしない」おとうさんが言った。
「だけど、ぼくは縮んでるんだ。ほら、見てよ」ツリーホーンはうったえた。

ツリーホーンのおとうさんは息子を見た。
「ほんとうだ、縮んでるじゃないか。ごらんよ、エミリー。
ツリーホーンが縮んでいる。まえよりもずいぶん小さくな
ってるぞ」
「まあ、たいへん」と、おかあさん。「さいしょはケーキ、
つぎは息子。どうしてぜんぶがいっぺんに起こるのかし
ら」
「やっぱりね、縮んでると思ったんだ」ツリーホーンはリ
ビングルームへいって、テレビをつけた。

ツリーホーンは、テレビを見るのが好きだった。

　テレビのまえにはらばいになって、大好きな番組を見は
じめる。大好きな番組は、ぜんぶで56あった。

　コマーシャルのあいだは、いつもおかあさんとおとうさ
んの会話に耳をすました。でも、ふたりの話がつまらない
ときもある。そういうときは、コマーシャルを見ることに
していた。

　今もさっそく、ツリーホーンはおかあさんとおとうさん
の話に耳をかたむけた。

「ほんとうに小さくなってるみたい」おかあさんが言っている。「どうしましょう？　世間の人は、なんて言うかしら」

「そりゃ、小さくなったと、言うだろうな」おとうさんは言った。そして、すこし考えてから、こう言った。「あの子はわざとやっているんだろうか。人とちがうことをしたくて」

「どうして人とちがうことをしたいの？」おかあさんがたずねた。

　ツリーホーンはコマーシャルを見はじめた。

つぎの朝、ツリーホーンはもっと小さくなっていた。これまでの服はもうぶかぶかで、着られない。クローゼットをひっかきまわして、去年の服を見つけた。去年の服でも、だいぶ大きかったけれど、とにかくそれを着て、ズボンのすそとそでをまくり、一階へおりていった。

　ツリーホーンは、朝食にシリアルをたべるのが好きだった。というより、シリアルの箱が好きだった。シリアルをたべながら、箱に書いてあることを、一文字ももらさずに読む。そして、〈プレゼントに応募しよう〉とあるものにかたっぱしから応募した。

クローゼットのなかにしまってある大きな箱には、これまでシリアルの空箱のふたをおくって、もらったものが入っていた。パズル、とくべつなゆびわ、懐中電灯、歴代大統領の写真、歴代野球選手の写真。額に入れてかざるのにぴったりな写真だってある。でも、額に入れたことはない。別に気に入ってるわけじゃないからだ。それから、ありとあらゆるゲームやペンや模型もあった。

今日のシリアルの箱には、〈とくべつな笛をとくべつにプレゼント〉とあった。その笛の音は、イヌにしか聞こえないらしい。イヌは飼ってないけれど、イヌにしか聞こえない笛があったらすてきだろう。ぼくには聞こえないわけだけど、かまわない。それどころか、イヌに聞こえなくったっていい。笛っていうのは、持っているだけですてきだ。

今日の朝、このシリアルをぜんぶたべて、笛のプレゼントに応募しよう、とツリーホーンはきめた。ぜんぶたべてからでないと応募してはいけません、とおかあさんに言われていた。

ツリーホーンは、応募用紙に名前や住所など、必要なことをすべて書きこむと、キッチンのカウンターにおいてあるブタの貯金箱からお金をとりだそうとした。ところが手が届かない。

「どう考えても、小さくなってる」ツリーホーンは思った。そこで、いすの上にあがって、貯金箱をとり、さかさにして、10セント硬貨をとりだした。

　おかあさんは冷蔵庫のそうじをしていた。「いすの上にのらないでって、いつも言ってるでしょ」そう言うと、おかあさんはリビングルームのほこりをはらいにいった。

　ツリーホーンはブタの貯金箱をいちばん下のひきだしにしまった。

「こうしておけば、どんなに小さくなってもだいじょうぶ」と、ツリーホーンは思った。

それから、封筒を見つけて、切手をはり、なかに 10 セント硬貨と空箱のふたを入れた。あとは、学校にいくとちゅうで、ポストに入れればいい。ポストはバス停のすぐよこにあった。

　バス停まで歩いていくのはたいへんだった。というのも、くつがしょっちゅうぬげてしまうからだ。足をひきずりながら時間をかけて、ようやくバス停までたどりついた。ところが、ポストに手が届かない。そこで、友だちのモシーにポストに入れてくれるようたのんだ。モシーは手紙を入れてくれたけれど、「どうして自分で入れないんだよ、おまえはバカか?!」と言った。

「ぼく、縮んでるんだ」ツリーホーンは説明した。「縮んでるせいで、ポストに手が届かないんだよ」
「縮むなんて、バカだな。おまえはいつもバカなことばかりやってるけど、こんどのがいちばんバカだ」

ツリーホーンがスクールバスに乗ろうとすると、みんながおしあいへしあいしながらどっと乗りこんだ。バスの運転手が「おくまでつめろ、ほら、つめるんだ」と言っている。それから、ツリーホーンがなんとかバスに乗ろうとしているのに気づいた。

「あの小さな子を乗せてやれ」

　ツリーホーンはバスにひっぱりあげてもらった。運転手は言った。「きみはわたしのよこに立っていてもいいぞ。ずいぶんと小さいからな」

「ぼくです、ツリーホーンです」バスの運転手とは友だちだったのだ。

1 / 2025 新刊案内

圧倒的スピードで疾走するドイツ・ミステリの新星！

17の鍵

マルク・ラーベ　酒寄進一 訳

創元推理文庫 定価1430円 **E**

▶原書カバー

〈刑事トム・バビロン〉シリーズ
2ヶ月連続刊行

ベルリン大聖堂に吊り下げられた牧師。
殺された彼女の首には、カバーに「17」と
刻まれた鍵がかけられていた。

東京創元社

〒162-0814 ＊価格は税込
東京都新宿区新小川町1-15
TEL:03-3268-8231(代)
https://www.tsogen.co.jp

好評既刊■単行本

すばやい澄んだ叫び

シヴォーン・ダウド／宮坂宏美訳　四六判上製・定価2750円 E

幼なじみと深い仲になり十五歳で妊娠したシェル。周囲に隠していたが、思いがけない事態に。少女の孤独や成長を描いた清冽な物語。カーネギー賞受賞作家の伝説的デビュー作。

ささやきの島

フランシス・ハーディング／エミリー・グラヴェット 絵

児玉敦子訳　四六判上製・定価2420円 E

死者の魂を船で送り届ける渡し守だった父が殺され、怖がりのマイロが役目を果たすことに。エミリー・グラヴェットのイラスト満載。『嘘の木』の著者の傑作YAファンタジイ。

※価格は消費税10％込の総額表示です。　E 印は電子書籍同時発売です。

■創元推理文庫

スケープゴート
ダフネ・デュ・モーリア/務台夏子訳 定価1606円 E

自分と瓜ふたつの男と入れ替わったジョン。連れて行かれた相手の家では、経営する工場は経営が危うく、家族間はぎくしゃくしていた……。名手による予測不能なサスペンス。

ミミズクとオリーブ【新装版】
芦原すなお 定価814円 E

美味しい郷土料理を供しながら、夫の友人が持ち込んだ問題を次々と解決してしまう八王子の郊外に住む作家の奥さん。直木賞作家が描く、傑作ミステリシリーズを新装版で贈る。

ミミズクとオリーブ2【改題新装版】

あなたも名探偵

市川憂人、米澤穂信、東川篤哉、麻耶雄嵩、法月綸太郎、白井智之 定価990円 🅔

六人の推理作家から読者への挑戦状。謎を解くための手掛かりは、小説のなかにすべて揃っています。――さて、犯人は誰か？　豪華作家陣で贈る、犯人当て小説アンソロジー。

東京創元社が贈る文芸の宝箱

紙魚の手帖 vol.20 DECEMBER.2024

A5判並製・定価1540円 🅔

【創立70周年記念】川野芽生、嶋津輝、田中啓文、西島伝法、町田そのこ、米澤穂信読切掲載。本邦初訳短編やコラムなどで贈る アン・クリーヴス特集。特別企画、川出正樹『ミステリ・ライブラリ・インヴェスティゲーション』出張版ほか。

※価格は消費税10％込の総額表示です。　🅔印は電子書籍同時発売です。

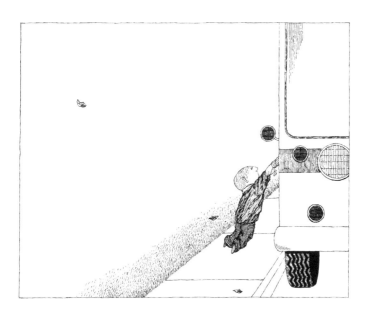

運転手はツリーホーンを見おろした。「たしかにツリー
ホーンにそっくりだな。ただし、ツリーホーンより小さい。
ツリーホーンは、きみみたいに小さくないぞ」
「ぼくはツリーホーンです。だんだん小さくなってるんで
す」
「人は小さくなったりせん。わかった、きみはツリーホー
ンの弟だろ。名前はなんていうんだね？」運転手はたずね
た。
「ツリーホーン」
「子どもにおなじ名前をつけるっていうのは、はじめてき
いたよ。ツリーホーンなんて名前を一度思いついたもんだ
から、もうほかの名前はうかばなくなっちまったんだろう
な」
　ツリーホーンはそれ以上なにも言わなかった。

教室に入ると、先生が言った。「おちびちゃん、保育園
は、ろうかのつきあたりよ」

「ぼく、ツリーホーンです」ツリーホーンは言った。

「もしそうなら、どうしてそんなに小さいの？」先生はた
ずねた。

「縮んでるんです。ぼく、小さくなってるんです」

「じゃあ、今日は大目にみるけど、明日までには、なんと
かしてちょうだい。このクラスでは、縮むのはなしです」

休み時間のあと、のどがかわいたので、水を飲みにいった。ところが、背が届かない。そこでピョンピョン跳んでみたけれど、やっぱり届かない。ツリーホーンは跳んで、跳んで、跳びつづけた。

　すると、先生が通りかかった。「あら、ツリーホーン。あなたらしくないわね、ろうかで跳びはねるなんて。縮んでいるからといって、とくべつあつかいするわけにはいかないのよ。学校じゅうの生徒たちが、ろうかでピョンピョンやりだしたら、たいへんなことになるでしょう？　罰として校長先生のところへいきなさい」

　そこで、ツリーホーンは校長室へむかった。

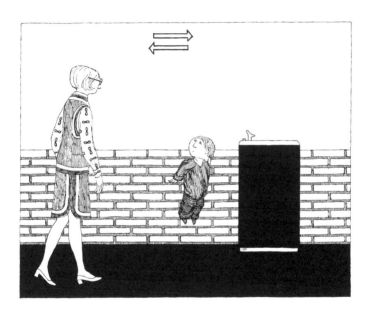

「校長先生のところへいきなさいと言われました」ツリー
ホーンは校長室のまえにいる係の人に言った。

「今日はとてもいそがしいのよ。この用紙にある面談の理
由で、あてはまるものにしるしをつけてちょうだい。時間
の節約になりますから。名前を書くのを忘れないように。
時間の節約になりますから。あと、字はきれいに。時間の
節約になりますからね」

ツリーホーンは、用紙を見た。

校長面談の理由に、しるしをつけること
（時間の節約になりますから）

□ 1.　授業中におしゃべりをした
□ 2.　授業中にガムをかんだ
□ 3.　先生に口ごたえした
□ 4.　無断で欠席した
□ 5.　無断で病気になった
□ 6.　無断で行動した

（裏面につづく）

　項目はたくさんあったけれど、〈背がひくくて水が飲めなかった〉というのはない。しかたなくツリーホーンは〈縮んでいる〉と書きこんだ。

係の人がどうぞと言ったので、ツリーホーンは用紙を持って、校長室に入った。

　校長は用紙を見て、ツリーホーンを見た。それから、また用紙を見た。

「これは、なんて書いてあるんだ？　『縮れている』？　なにが縮れているんだね？　ツリーホーンくん、きみの髪は縮れちゃいないね？　この学校では、髪にパーマをかけるのは禁止だ。われわれは、言ってみればひとつのチームだ。全員が、きちんとせねばならん」

「『縮んでいる』と書いてあります。ぼくの背が縮んでいるんです」ツリーホーンは答えた。

「背が縮んでいる？　なるほど、それはまた、じつにきのどくなことだ。ここへきたのは、正解だったよ。こういうときのために、わたしはいるのだ。きみたちを教えみちびくためにな。罰をあたえるためではないぞ。あくまで、みちびくためだ。チーム全員をみちびくため、問題を解決するためなのだ」

「でも、べつに問題はないんです。縮んでいるだけです」
ツリーホーンは言った。

「ならば、よかった。ツリーホーンくん、これからも、き
みが必要としているときは、いつでも力になるからな。今
回も、きみの力になれてうれしいよ。チームというのは、
コーチにめぐまれてこそ、なりたつものだからな。そうだ
ろう？」

　校長は立ちあがった。「では、ツリーホーンくん。また
なにか問題が起こったら、すぐにわたしのところへきたま
え。よろこんで、手をかそう。問題というのは、解決して
しまえば、問題ではなくなるものさ。だろう？」

一日が終わるころには、ツリーホーンはもっと小さくなっていた。

　食事のときは、いすに何個もクッションをかさねて、食卓の上が見えるようにしなければならなかった。

「まだ縮んでるわ。わたしは、よい母親であろうとつとめてきたのに」おかあさんは鼻をすすった。

「医者にみせたほうがいいかもしれん」おとうさんが言った。

「お医者さまにはもうれんらくしたのよ。電話帳にのっているお医者さまというお医者さまに電話したの。だけど、だれも、縮む病気のことなんて知らなかったわ」

　おかあさんはまた鼻をすすった。「もしかしたら、このままどんどん小さくなって、しまいには、消えてしまうんじゃないかしら」

「人は消えたりしない」おとうさんはきっぱりと言った。

「そうよね、そのとおりよ」おかあさんはげんきになった。でも、それからすこしして、言った。「でも、人は縮みもしないわよね。ほら、ツリーホーン、ちゃんとニンジンをたべなさい」

つぎの朝、ツリーホーンはますます小さくなっていたので、ジャンプしてベッドからおりなければならなかった。すると、ベッドの下にゲームがあった。押しこんだきり、忘れていたのだ。ツリーホーンは立ったままベッドの下に入っていって、そのゲームを見た。

　それは、シリアルのプレゼントでもらったものだった。二、三日まえにあそびはじめたのだけれど、おかあさんにすぐに一階へおりてくるように言われて、とちゅうでやめたままになっていたのだ。朝ごはんよとか、学校におくれるわよとか、そんなことだった。

ツリーホーンは、ゲームの箱のふたを見た。

ゲームの名前は、〈ビッグになりたい子のための
のびのびチャレンジゲーム〉だった。

ツリーホーンは、ベッドの下にすわりこんで、ゲームを
はじめた。

　ツリーホーンはなんでもきちんと終わらせるのが好きだ
った。どんなにつまらないことでも、それはかわらない。
つまらないテレビ番組だって、かならずさいごまで見る。
ゲームもおなじだった。このゲームもちゃんと終わらせよ
う。ええと、どこまでやったっけ？　おかあさんに呼ばれ
たとき、たしかマス目を７つもどったところだったのを、
ツリーホーンは思いだした。

　今ではすっかり小さくなっていたから、ルーレットを回
すには足をつかうしかない。そこで、思いきりキックする
と、ルーレットの針は４をさした。つまり、マス目を４つ
進むことができる。

コマを進めるためには、持ちあげて運ばないとならなかった。かなり重い。ツリーホーンは歩いて、4つ先のマス目までコマを運んでいった。すると、そこには、〈やったね、おめでとう！　13マスすすむ〉とあった。

　そこで、ツリーホーンはうんしょとコマを持ちあげ、13マスぶん進んだ。なんだか、コマが小さくなったみたいだ。いや、ぼくが大きくなっているのかもしれない。そうだ、大きくなってる。ベッドの底に頭が届きそうだ。ツリーホーンはベッドの下からゲームをひっぱりだし、つづきにとりかかった。

コマをどんどんまえへ進めていく。でも、もう運ぶ必要はなかった。マス目を進むごとに、ツリーホーンはどんどん大きくなっていった。
「うーん、大きくなりすぎるのはいやだな」ツリーホーンは考えた。そこからは、コマをゆっくりと、ひとマスずつ進めていった。ひとマスごとに、大きくなる。そしてついに、もとの大きさになった。そこで、ツリーホーンはルーレットとコマとかんぜんガイドとゲームボードを〈ビッグになりたい子のための　のびのびチャレンジゲーム〉の箱にもどすと、クローゼットにしまった。これからは、大きくなったり小さくなったりしたければ、このゲームをすればいいのだ。まあ、そうとうつまらないゲームだけれど。

ツリーホーンは、朝食におりていって、あたらしいシリアルの箱の説明を読みはじめた。〈ふうせん100個をプレゼント〉とある。おかあさんはリビングルームのそうじをしていたけれど、ぞうきんをとりにキッチンに入ってきた。「食事中にひじをついてはだめよ」おかあさんは言った。

「ねえ、またもとの大きさにもどったんだよ。ふつうの大きさになったんだ」ツリーホーンは言った。

「あら、よかったわね」おかあさんは言った。「とてもいい大きさじゃないの。わたしなら、もう二度と縮んだりしないわ。今日の夜、おとうさんがかえってきたら、ちゃんと伝えなさいね。きっとよろこぶわよ」おかあさんはまたリビングルームへいって、ほこりをふくと、そうじきをかけはじめた。

その夜、ツリーホーンはテレビを見ていた。チャンネル
をかえようとして手をのばすと、あざやかなみどりいろに
なっている。テレビの上にかかっている鏡をみると、顔も
みどりいろだった。耳もみどりいろ、髪もみどりいろ。全
身みどりいろだ。

　ツリーホーンはためいきをついた。「だれにも言わない
ことにしよう。なにも言わなければ、きっと気づかれない
さ」

おかあさんが入ってきた。「テレビの音を小さくしてちょうだい。これから、スメドレイさんたちがブリッジをしにくるの。お客さんがくるまえに、髪をとかしておいてね」おかあさんはそれだけ言うと、キッチンへもどっていった。

THE SHRINKING OF TREEHORN
by Florence Parry Heide and Edward Gorey

Text copyright © 1971 by Florence Parry Heide.
Illustrations copyright © 1971 by Edward Gorey.
First published in English in the United States by HOLIDAY HOUSE PUBLISHING, Inc., New York
Japanese translation rights arranged with HOLIDAY HOUSE PUBLISHING, INC
through Japan UNI Agency, Inc., Tokyo

All illustration works © by Edward Gorey
All Edward Gorey illustrations appear by permission by
The Edward Gorey Charitable Trust
c/o Massie & McQuilkin LLC through The English Agency (Japan) Ltd.

ツリーホーン、どんどん小さくなる

著　者
フローレンス・パリー・ハイド

装画／本文挿絵
エドワード・ゴーリー

訳　者
三辺律子

2025 年 1 月 31 日　初版

発行者　渋谷健太郎
発行所　（株）東京創元社
　　　　〒162-0814 東京都新宿区新小川町1-5
　　　　電話 03-3268-8231（代）
　　　　URL https://www.tsogen.co.jp

装　幀　東京創元社装幀室
印　刷　フォレスト
製　本　加藤製本

乱丁・落丁本は、ご面倒ですが小社までご送付ください。送料小社負担にてお取替えいたします。
Printed in Japan ©Ritsuko Sambe 2025 ISBN978-4-488-01144-4 C8097